U0032060

艾艾愛生氣

Angry Aiai

圖/文 _____ YuanChi

Yuanchi 的視角

Yuanchi 看出去的視角,所以是看到
艾艾。

艾艾的視角

艾艾看出去的視角，因為是貓咪視角，
看出去的視野會比較低。

艾 艾 愛 生 氣

Chapter 1

相遇

01　收容所

第一次見到艾艾,是在內湖的收容所。

走過充斥吠叫聲的狗狗長廊,來到了安靜的貓咪區。大部分的貓咪蜷曲著身子在睡覺,其中幾隻盯著路過的人類發出生氣的低吼聲。在籠區徘徊了好幾回之後,我們看到了躲在角落的艾艾。

她被前面一窩的兄弟姐妹擋著,只露出一對圓圓的眼睛,好奇地看著外面。我被她的眼神吸引住,接著注意到她可愛的毛色,白底配虎斑紋,像一球香草巧克力冰淇淋。

就決定是她了。請工作人員把她從鐵籠裡抓出來,打了晶片、簽了契約書,帶回了人生中第一隻小貓咪。

這裡好冷…又好擠…等等,

為什麼要抓我!

02 洗澡

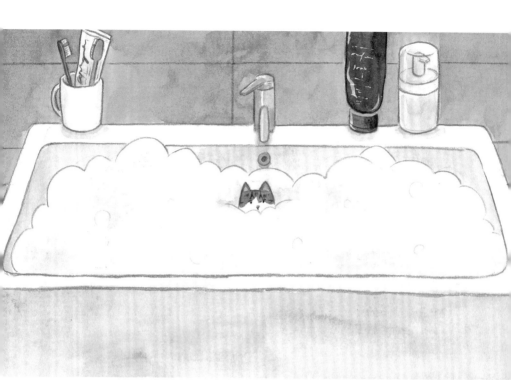

離開收容所後，我們帶艾艾去動物醫院檢查，醫生說艾艾很健康，但身上跳蚤很多，所以回家第一件事就是幫艾艾洗澡。

我們小心翼翼地把艾艾放進溫水中，在她柔軟的身體輕輕搓出泡泡，因為怕嚇到或弄傷她，動作都很輕、很慢。

一開始，艾艾很乖地趴著不動，眼神呆滯地看著四周，可能還沒搞清楚到底發生什麼事吧。突然，原本溫馴的貓咪跳了起來，伸出爪子朝空中亂揮，把我們的手臂抓出一道道血痕，然後溜出浴室躲了起來。

這是什麼？可以吃嗎？

好難吃… 身體濕濕的好不舒服……

你們不要再碰我了！

03 紙箱城堡

把艾艾帶回家後，我們興奮地拿舊紙箱蓋了一棟城堡，裡面有臥室、走廊和廁所。希望她在紙箱內可以有安全感。

白天，艾艾都躲在城堡裡面，如果把屋頂掀開，她會像恐怖箱一樣發出哈氣或低吼聲。

晚上關燈後，就會看到一顆貓頭在那探頭探腦的，想找機會出來探險。

外面安全了嗎？來偷看一下。

有人！那就等天黑了我再出去探險。

04　躲貓貓

膽小害羞的艾艾，總是要找個隱密的角落把自己藏起來，所以每天回到家都看不見她。

找她的過程就像在玩躲貓貓一樣，窗簾後面、桌子下面、衣櫃裡面……，有時候一分鐘就找到了，但最久的一次找了將近一個小時還沒找到。

有一次，我們發現她躲在床跟床頭櫃中間，因為那邊很髒，而且積滿了灰塵，平常找到她就結束的躲貓貓，因此演變成了鬼抓人。我們試著把她抓出來，卻遭受到頑強抵抗，後來是用長尺推她屁股，她才不情願地跑走。

不幸的是，艾艾的眼睛還是感染了結膜炎，刺痛的眼藥水讓艾艾變得更怕人了。

有人回來了，快躲起來！

被發現了！你們不要過來。

誰在戳我屁股？快逃～～

眼睛好癢 ><

05 手套

身體嬌小的艾艾有著不可思議的攻擊力，不論是工地手套還是機車防摔手套都抵擋不了她尖銳的牙齒及指甲。

每次要把她抓來洗澡，或抓去看醫生，我們都得全副武裝上場，但最後還是免不了被狠咬幾口。

最嚴重的一次，艾艾把手指頭和指甲都給咬穿了。

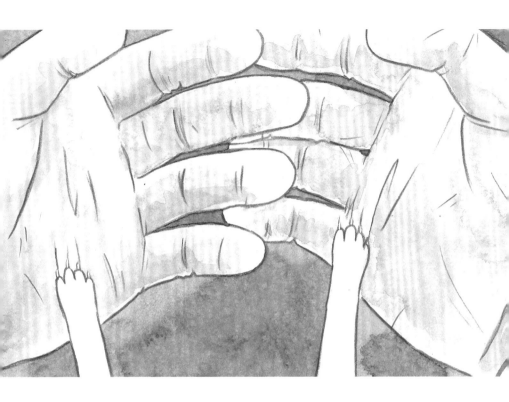

不要抓我！我說不、要、抓、我！

聽不懂嗎？我咬！ヽˊ

06 第一次對話

有一天睡夢中隱約感覺到有對目光盯著我，起來一看發現艾艾坐在床邊，
看著我小小聲地說了聲：「喵。」

「怎麼了？」

「喵。」依然小小聲的。

啊，原來是碗空了，她明白了我就是負責添飯的那個。

我要飯。

我要飯啦。

07 傳接球

下課後，我在房間裡做了整天的作業，艾艾也一直躲在我身後鏡子後面，看了我一整晚。

難得她沒有把自己藏得很隱密，就跟她玩一下好了，我拿了一顆乒乓球，輕輕地把球滾到她面前。艾艾伸長脖子，小心翼翼地聞了聞那顆黃色的小球，再緩緩地伸出手偷撥了一下，發現樂趣後開始玩了起來。

她玩性大發，追著球跑來跑去，但一察覺靠我太近了便又縮回鏡子後方。我把球撿回來，再次輕輕地滾到她面前，就這樣滾過去再滾過來，我們玩起了傳接球。

那一晚我在心裡偷偷決定，不管要花上多久的時間，我都要讓艾艾敞開心房，重新當隻快樂的貓。

這是什麼？會滾耶！

啊滾太外面了，不敢去外面⋯⋯

08 最後一道防線

兩個月過去了，艾艾依然討厭人類。

上網爬文看了網友們的經驗分享後，我們到五金行買了鐵網架及束帶，蓋了一棟高級三層貓籠，讓艾艾有一個專屬空間的同時，又可以觀察我們平常的行為。

透過籠子的網格，我們可以拿湯匙餵她吃肉肉、可以陪她玩逗貓棒、可以用不求人幫她抓抓頭。心情好或不好的時候，可以看著艾艾跟她說說話。

只要不超過籠子的界線，就能維持互相信任的良好關係。但是如何瓦解這條界線，也是我們每天在苦惱的事。

嗯⋯⋯人類好像也沒那麼可怕。

09　乾爸乾媽

艾艾有一對很愛她的乾爸乾媽，不同於被咬怕了的我們，在他們眼裡艾艾只是隻愛躲起來耍自閉的小貓。

元旦假日，乾爸媽又來串門子了，在我們聊到這幾天又被艾艾抓出什麼傷口的時候，乾爸默默地把躲在窗戶跟衣櫃中間縫隙的艾艾給撈了出來，抱在懷裡。我們不敢置信地看著眼前這副景象，平常可是只有迫不得已的時候我們才會戴上防咬手套伸手摸艾艾啊！

總之，從這一天起艾艾變得沒那麼怕人了。雖然還不能享受被她撒嬌的幸福，但可以看著她在房間裡走來走去、放鬆地吃飯喝水上廁所，就已經很美妙了。

被抱起來了，熱熱的有點舒服。

這種感覺也不錯，想睡覺了……

10　第一次接觸

這天，我一如往常地坐在床上用電腦，突然感覺到背後被摸了一下。轉過頭看到艾艾坐在我身後，一隻手還懸在半空中。

艾艾居然主動來摸我了！

心臟撲通撲通地快速跳著，但身體不敢亂動，怕一個不小心又嚇跑了她。艾艾緩緩地走到我跟電腦中間，趴了下來。我把手放到她鼻子前讓她聞聞，艾艾舔了兩下，然後閉上眼睛。

神奇的是，從這一瞬間我再也不害怕她會突然攻擊我，前三個月的挫折感都消失殆盡，我們終於成為好朋友了。

哈囉哈囉，理我一下嘛～～

坐在你面前夠顯眼了吧。

Chapter 2

相處

01 可愛艾

不怕人的艾艾，開始對人類充滿好奇。不管我走到哪、在做什麼，艾艾都要跟在旁邊看。

用電腦的時候在旁邊、畫畫、上廁所的時候也是，更過分的是還大剌剌地霸佔了整張床。

或許大部分的家貓平常都是這個樣子吧，但對我來說，這樣的艾艾好新奇，而且好珍貴。

你在幹嘛～你在幹嘛～你在幹嘛～

我也要看～

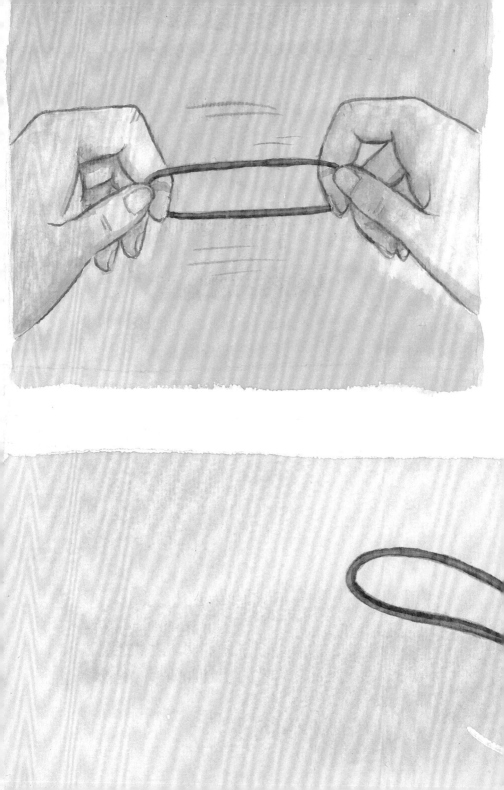

02　乾媽家

過年要跟家人出國，是養艾艾以來離開她身邊最久的一次。

艾艾的乾媽超開心地一口答應幫我照顧艾艾，本來還有點擔心艾艾到新環境
適應不良，又躲起來耍自閉，但把她放到乾媽家後沒多久，就收到了艾艾
在房間裡到處探險玩耍的照片，看起來可以放心出遠門了。

到別人家白吃白喝、製造便便、掉一堆毛，還能讓屋主開心的頭頂冒愛心，
大概只有貓辦得到吧。

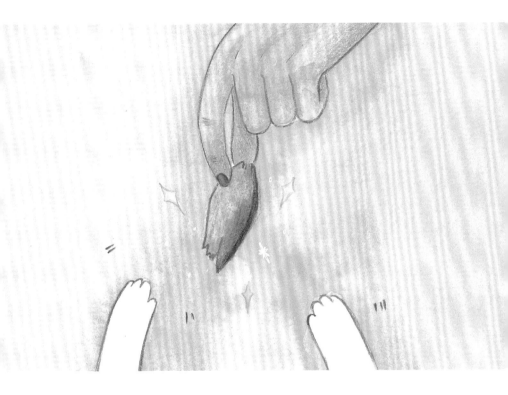

哈囉乾媽，給我點心～～

03 搗蛋艾

有一次在準備畫圖時，剛擠了一盤壓克力顏料，艾艾就跑過來把用具全部聞過一遍，最後還一腳踩進調色盤裡。我驚呼了一聲，她嚇了一跳，但她沒有跑走，反而把身子越壓越低，最後整隻趴在調色盤上。

僵持了五秒鐘後，我伸出手想把艾艾抱起來，但她反應更快，馬上就逃跑了。就這樣一人一貓在房間裡追逐了好一陣子，最後終於讓我抓到了艾艾。拎起來一看，原本白白的肚子毛變成彩色，房間到處都沾滿了顏料。

「妳看看妳做了什麼！」

話還沒說完就看到她楚楚可憐的眼神，實在是沒辦法繼續生氣，好吧，原諒妳。

這是什麼？摸摸看，她幹嘛大叫啊！

我做了什麼嗎！？趕快趴下來裝沒事……

04 太陽花艾

很快的，艾艾到了要結紮的年紀。

手術過程一切順利，退麻醉的情況也很穩定，艾艾安靜地趴在籠子裡休息，不吵也不鬧。

隔天，我一個人待在家照顧艾艾，看艾艾帶著頭套一副可憐兮兮的樣子，我靈機一動拿起一張圖畫紙，塗上黃色水彩，再剪成一片片花瓣的形狀，用膠帶黏到她的頭套上。

艾艾變成一朵太陽花了！真可愛。

肚子好癢～～～想舔～～～

舔不到，卡住了……我好可憐喔……

05 艾艾牌暖爐與門擋

變得黏人又傲嬌的艾艾，會在睡覺時窩在我們的腳邊，但…艾艾有起床氣，如果翻身把她吵醒，或不小心踢到她，就必須被咬一口當做處罰。

要出門的時候她也會用一個華麗的姿勢擋住門，總是要哄上半天才能順利讓她移開，雖然可愛但也非常不方便。

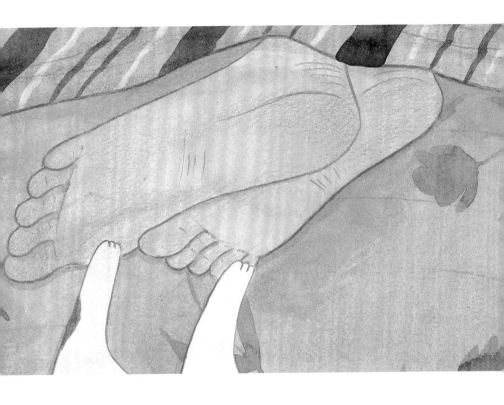

他們腳邊最好睡了 ZZZ

不要亂動啦，會吵到我睡覺 ㄟ ˊ

06 搬家

帶著寵物找租屋相當不容易，看過好幾間房子之後總算遇到可以接受寵物的房東，順利租到新家。

不同於第一次回到家的時候，艾艾這次沒有躲起來了，一進門就忙碌地在房子裡聞來聞去。

終於，艾艾選好了幾個喜歡的地點：樓梯上、桌子下、房門後、洗衣籃裡還有紅色的座墊，都是適合睡覺的好位置。

寬敞的空間讓人類跟貓咪都很愉快。

這裡好大喔～～馬上來探險吧！

高高的地方或軟軟的坐墊都不錯耶，以後就睡這邊～～

07　散步

新家位在非常安靜、沒什麼車的巷子裡。看艾艾整天趴在窗邊看外面很想出去玩的樣子，決定帶她出去散個步！

買了貓咪用的安全胸背帶，扣上牽繩，我們開心地牽著艾艾走出門外。殊不知一踏出家門，艾艾就趴在地上不動了！原本的遛貓計畫變成我們抱著艾艾散步，就這樣抱著她走到了附近的小公園，她才願意下來走一走。

這個時候，遠方走來了一隻吉娃娃與他的主人，吉娃娃非常興奮地跑向艾艾。我們跟主人說艾艾怕狗，還是別讓他靠太近，主人回：「沒關係，他不會攻擊貓。」結果吉娃娃被艾艾哈了氣還賞了一巴掌，主人才急忙把狗狗帶走。

狗狗離開後，艾艾還對著我們生氣地喵喵叫了五分鐘才平靜下來，就這樣結束了第一次的散步探險。

狗狗不要靠近我喔喔喔喔！再靠近我要打你喔！

聽不懂貓話嗎，我打！

08　鮮食料理

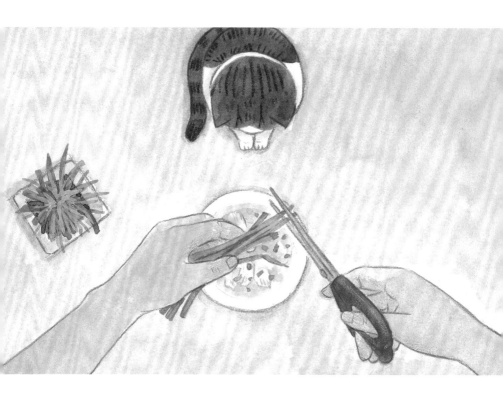

新家還有一個小巧的廚房，可以做些簡單的料理。但人類的食物煮起來還是
太麻煩了，要調味、要顧口感、還要營養均衡，還是貓的食物比較簡單。

只要一盒超市分裝好的雞腿肉，加上一顆雞蛋，全部蒸熟之後搗碎再剪幾根
小麥草進去，貓咪的一餐就完成了！

看著艾艾一口氣吃完一整碗，我就心滿意足了。

好香喔！快給我吃～

．．．．．．．．．．．．．．．．．．．．．．

怎麼這麼快就吃完了，還有嗎～～

09 談心

艾艾很喜歡盯著我看，每次被她盯著盯著，我就會忍不住跟她說幾句話。

「你在看什麼？」「喵。」

「肚子餓嗎？」「嗚喵。」

「要摸摸嗎？」「嗯…喵。」

「跟妳說，我今天賣掉了兩張圖喔！」「喵！」

「這樣就可以買罐罐給妳吃了！」「喵喵！」

「妳要雞肉口味還是魚肉口味呢？」「喵～」

她好像在對我說話，不知道想幹嘛呢？

妳要用貓話我才聽得懂啦，喵！

10 看門艾

艾艾她爸的上班時間非常不固定，一週內會有早班、晚班、大夜輪著，所以每天回家的時間都不一樣，有時連我都記不得。

但艾艾好像摸透了他下班時間的規律，在他回來的十分鐘前就會跑到門口坐著等。門打開的瞬間就翹起尾巴在他腳邊繞來繞去。

但有的時候艾艾又會在門打開前一刻跑走，故意裝作沒在等的樣子，真是傲嬌呢。

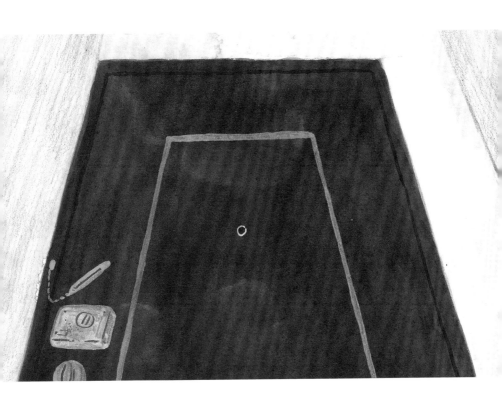

差不多要回來了吧～～

等等，不能讓他知道我在等他！

歡迎回家！

艾 艾 愛 生 氣

Chapter 3

陪伴

01　艾艾發抖

某天坐在客廳看電視的時候，發現身旁的艾艾窩成一團，並且不停發抖。
我想是天氣冷的關係吧，就把她抱進懷裡試圖給她一些溫暖。但艾艾不是
一隻特別喜歡抱抱的貓，沒幾分鐘她就跑走了，到一旁繼續窩起來發抖。

我只好拿出電毯，調到最低溫把艾艾包裹起來。但同樣的，過沒多久艾艾
又跑走了，走到沙發一角，繼續窩成一團。

我又不會冷幹嘛一直把我包……包起來，很熱耶！

02 艾艾見鬼

在工作室裡畫圖畫到半夜一兩點，突然聽到客廳傳來一陣嘶嘶聲。探頭出去一看，是艾艾在對著空氣低吼、哈氣，甚至伸手往空中抓。正想著是不是有蟲飛進來的時候，艾艾突然尿了一地，而且全身炸毛，不停發出低吼聲，時不時還嚇到整隻貓跳起來。

是見鬼了嗎！？我越想越毛，趁艾艾稍微冷靜一點後趕緊把她裝進外出袋，跑到附近的超商。

等到凌晨四點艾艾她爸下班來接我們回家，才到家不久，艾艾又出現了一樣的反應。折騰了一整晚都不能好好休息，最後只好先把她關進小籠子裡，等到白天再帶她去看醫生。

什麼東西在我眼前，不⋯⋯不要過來！

怎麼甩不掉，走開喔喔喔！

03 艾艾壞掉

醫生說艾艾檢查的結果都沒有問題,可能有小蟲子嚇到她了吧,回家再觀察看看。

後來幾天艾艾偶爾又會對著空氣生氣,但我們發現趕快摸摸她安撫一下就沒事了。

不過,她開始出現一些以前不會做的行為,例如睡在客廳正中間、睡覺睡到流口水、或爬樓梯的時候踩空。艾艾變成一隻怪怪的貓咪,好像哪裡壞掉了一樣。

我的腳怎麼動不了……又好了，但突然覺得好……好累…累……

04　滾下樓

艾艾最喜歡坐在樓梯的第二階，那個位置視野很好，可以看見房子的每個角落。有時候坐到無聊了，艾艾會直接在這個位置睡著。

今天一如往常的，我們躺在沙發看電視、艾艾窩在樓梯上睡覺。

突然「碰！」一聲，艾艾從樓梯上滾了下來，尖尖的指甲把木製的階梯抓出了一條條的爪痕，落地之後喵一聲假裝沒事走掉。

我一邊說艾艾妳怎麼那麼笨，一邊趕快打開手機搜尋「木頭刮痕 修復」。

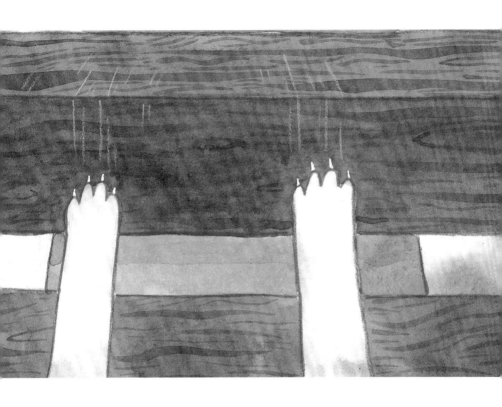

啊、啊、啊、啊、啊

發生什……什麼事？身體好痛。

為什麼剛才抓不住樓梯啊？下……下次要再用力一點……

05　不要抱我

艾艾變得越來越不喜歡被抱了，一抱起來就馬上炸毛低吼，然後用力掙扎跳開，很生氣的樣子。

不曉得是不是上次從樓梯滾下來哪裏受傷了不舒服？再觀察一陣子看看好了。

好……好高，好可……可怕，放我下去！

06　新成員菌菌

前陣子為了艾艾見鬼事件看了好幾個醫生，有幾次醫生提到可能是整天一隻貓在家太無聊了，有點分離焦慮的情況，要多陪她玩。

艾艾的乾媽在這個時候傳來了一隻超級可愛的小貓照片，說朋友撿到了一隻小貓咪，要不要養？

我們幫她取名為菌菌，希望有了菌菌的陪伴可以讓艾艾緩和焦慮。菌菌來家裡的第一天就到處飛簷走壁，玩累了就跑到艾艾身邊窩著睡覺，艾艾對她也一點都不排斥，兩隻貓咪可愛的模樣把我們都融化了。

但是，養了第二隻貓咪才發現，艾艾已經不是有一點奇怪而已，她不管是走路、坐著、還是趴著，姿勢都跟正常的貓咪差很多。

小……小貓咪？

小貓咪來……來睡……睡覺～～

07　X 光檢查

貓咪拍 X 光的時候，會由獸醫助理拉住貓的前腿，飼主要拉住後腿，一起把貓整隻拉開。

拍攝過程中不能讓貓咪亂動，否則就要重拍，所以要非常用力地把貓腿握緊。

艾艾做完了 X 光檢查，整體看起來沒什麼問題，沒有受傷的痕跡。

但醫生指著艾艾髖關節與大腿骨連接的地方說，她這邊的骨頭比較細，可能天生發育比較不好，導致她長大之後腿撐不住身體的體重，走路才歪歪的。

同時醫生找了一張正常的貓髖骨 X 光給我們看，關節的骨頭的確是比艾艾的粗一點，但是要非常非常仔細才看得出差別。

不……不要拉我……我啦

很……很不舒服……

08 拜拜

這幾個月帶艾艾看了很多醫生，幾乎是一放假就帶著她往醫院跑，但都沒看出什麼結果，吃了各種藥也沒有任何改善。在非常無助的情況下我們決定找寵物溝通師問問。

溝通師告訴我們，艾艾說自己的後腿不舒服，而且一直覺得空中有東西飛來飛去。

因為沒有辦法確定艾艾到底發生什麼事，又聽到她說空中有東西，嚇得我們趕快帶她去最近的廟裡拜拜，只希望艾艾趕快好起來。

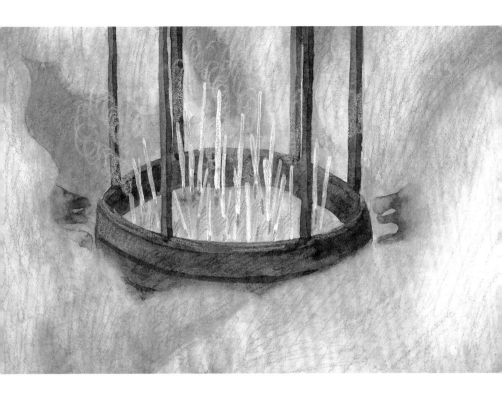

這……這裡是哪……哪裡……

好……好奇怪的……的地方，好奇……奇怪的味……味道……

09　視力檢查

看了很多醫生都找不出原因，雖然覺得艾艾應該不是眼睛的問題，但已經不知道該怎麼辦了，所以還是決定去動物眼科看看。醫生熟練地在艾艾身上按來按去，接著檢查牙齒、檢查耳朵，最後拿出手電筒往艾艾的眼睛裡照。

醫生說：「她看不到啊。」我們非常驚訝：「她怎麼會看不到？她瞎了嗎？」

「不算，因為她眼球沒問題，是神經的問題，所以可能偶爾還是有視力，但現在沒有，不信妳看。」

助理把醫院的燈全部關掉，剩下醫生手上的手電筒亮著。手電筒在艾艾眼前晃來晃去，但她一點反應都沒有，就算把手伸到她眼前也不會眨眼睛。

「她應該不是跌倒了才看不到，是因為看不到才會跌倒。」

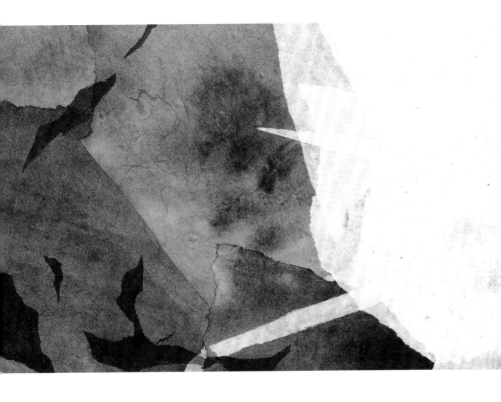

眼睛……睛前面的東西越……越來越討厭……厭，害我都看不到……到大家
……

大家……家在討論……論什麼呢……呢……？

10 專屬小房間

眼科醫生建議我們帶艾艾去看神經科，在檢查出病因之前，要給艾艾一個安全的環境。

沒有人在家的時候要把艾艾關在安全的空間裡，以免她把自己撞傷。

我們先用紙箱在客廳圍出一個長方形，並在裡面鋪滿巧拼，放進貓砂盆、貓碗、接上飲水機的插頭，再放幾條毯子，就這樣臨時搭建出艾艾的專屬小房間。

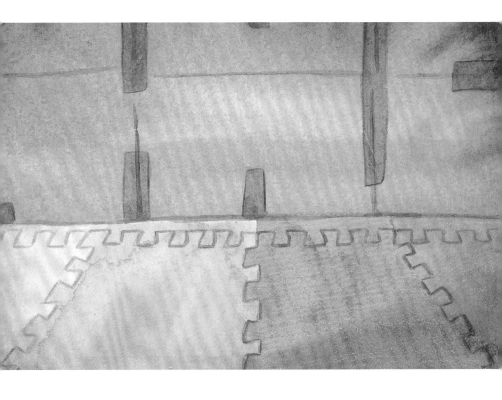

怎麼……麼走不出……出去，幹嘛把我關……關起來……

今天眼……眼前的東西不見……見了，希望不……不要再出現了……

艾 艾 愛 生 氣

Chapter 4

離別

01　斷層掃描

一個人帶著艾艾到醫院、簽下手術同意書、看著艾艾被麻醉後推進了手術室。

在門口不曉得等了多久，醫生推著還沒醒的艾艾出來了，並把她小小的身體放到我懷裡。自從艾艾開始變得很奇怪之後，我有很長一段時間沒抱過她了。她變得好輕，摸下去都是骨頭的觸感，連毛也變得粗粗的，看起來好虛弱。

斷層掃描的結果出來了，醫生一邊指著螢幕上的影像一邊跟我解釋：「頭骨跟腦中間這層白白的是緩衝用的液體，正常貓咪這層白色很薄，但艾艾的很厚，這是因為她的腦部萎縮了。有點像是老貓阿茲海默的症狀，但艾艾這麼年輕就發病，應該是天生基因的問題。」

「腦部萎縮是不可逆的，只能盡量減緩她惡化的速度，好的話應該還能再撐半年，但是妳會花很多時間跟很多錢來照顧她。在等腦脊髓液報告的時間妳可以想一下，要不要讓艾艾安樂死。」

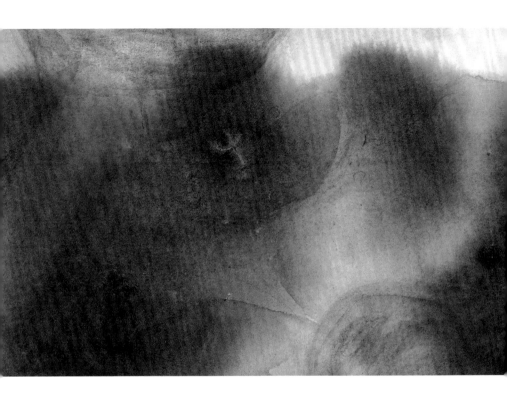

....

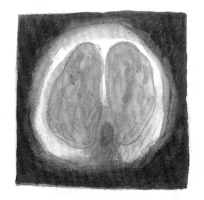

02 玻璃門

出院後，我們把艾艾帶回家照顧。從工作室門上的玻璃往她的專屬小房間看去，我發現艾艾雖然已經跑不動、也看不見了。但她有時候會循著聲音慢慢地走過來，輕輕地把鼻子靠在玻璃上，一待就是整個下午，偶爾還會睡著，在玻璃上留下乾掉的口水痕跡。

好幾次透過玻璃，我即時發現了艾艾的癲癇症狀。藺藺也很貼心地幫我一起觀察艾艾，一旦察覺異狀就跑來敲門。

是什　聲音，妳　裡面嗎⋯⋯

03　急診

半夜艾艾癲癇發作，這次狀況比以往都嚴重，甚至出現了角弓反張＊。過了兩分鐘情況沒有減緩，只好把艾艾塞進外出籠，扛著她跑到最近的急診。

緊急打了鎮定劑之後艾艾終於穩定了，但是要住院三天，這是我在她生病之後第一次跟她分開這麼久。

剛出院的艾艾精神非常的差，幾乎整天都躺著動不了，用針筒打進嘴巴裡的肉泥有一半都流到外面，連尿尿都是躺著就直接尿了出來。

又過了兩天後，艾艾才終於能坐起身，吃飯時也能勉強伸出舌頭舔掉嘴邊的肉泥。

＊ 角弓反張是指頸背彎成弓形，脖子過度伸直，後腿向背部彎曲的一種身體狀態。

沒　力氣……

我　麼了，想　家……

04　回診

從確診後，每週都要帶艾艾到醫院回診，每次都要耗上一整個下午的時間。在走廊上會看到不同狀況的貓貓狗狗，有的肚子腫瘤大到拖在地上、有的下巴破了一個洞、有的整個屁股發炎潰爛。主人們有些焦急來回踱步、有些流著淚、有些展開終於放下心的笑容。

醫生照慣例地幫艾艾抽了一管血，結束後問：「這週癲癇發作幾次？持續多久？食慾如何？有尿尿嗎？大便什麼顏色？」

我打開手機，找到專門紀錄艾艾身體狀況的記事本，一一回答。

血檢結果正常，但這週的藥袋多了癲癇嚴重時的緊急塞劑，癲癇發作超過兩分鐘就得把藥抽進細細的針筒裡，再從艾艾的肛門注入。

真希望這些咖啡色的玻璃瓶永遠不要用上。

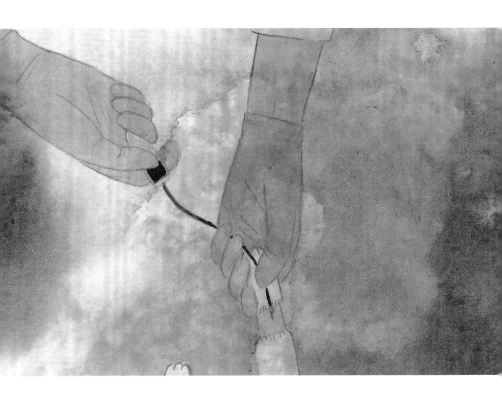

　紅紅　熱的　　從身　裡流　去，力氣　小 ……

　左手　　的毛　　一塊，　　手臂的毛　少了一　，　不喜歡　　……

05 艾艾小跟班

或許是視力又更退化了，艾艾越來越愛跟在人腳邊，走到哪都黏得非常緊，緊到會把人絆倒。

有次一不注意絆到艾艾，為了不踩到她我讓自己往地板跌下去，同時小腿被緊張的艾艾抓出了一道傷口。

我吼了她：「沒事幹麻趴在那裡！」

「為什麼都聽不懂人話！為什麼不能好好的！為什麼要生這種病！」

她趴在原地瞪大眼睛直直地看著我，好像在說，她不是故意的⋯⋯

我看著她哭了，哭著道歉，也想把幾個月來的壓力還有無助都哭掉。

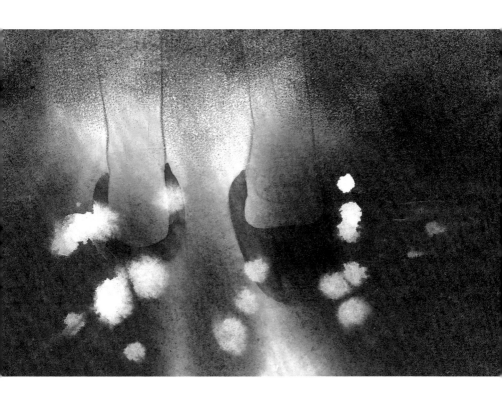

不　故意　，對　起，不　哭 ……

06　回診二

這次回診艾艾的狀況變差很多，雖然每餐都有吃到醫生建議的熱量，體重還是一直下降，身體都沒有吸收。

因為幾乎吸收不到食物的養分，醫生教我幫她注射皮下點滴。先準備一盆溫水把點滴泡熱、管子接上針筒，注滿針筒後將特殊針頭轉向，把空氣推出來再插入艾艾大腿的皮跟肉之間。慢慢地推完一管，再把針頭轉向、注入點滴、打進艾艾的身體，一直重複到整包點滴打完。

血液檢查的結果非常的不樂觀，肝、腎的數值都超標到機器測不出來。

「她的內臟開始衰竭了，隨時會走，你們要做好心理準備。」

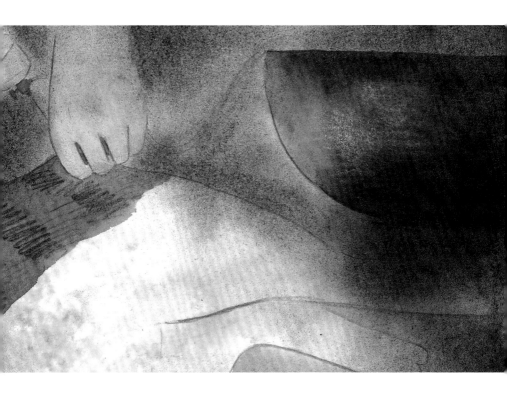

溫　的⋯　舒服⋯⋯　睡⋯⋯

07 用力活著

儘管已經虛弱到不行，吃飯時間一到，艾艾還是很努力地把臉埋進碗裡大口地吃。我經過她身邊的時候，也會用微弱又沙啞的聲音對著我喵喵叫。甚至還拖著僵硬扭曲的身體，用力地走到我們身邊。

看著像破布娃娃一樣的艾艾，我知道活著對她來說已經非常辛苦。

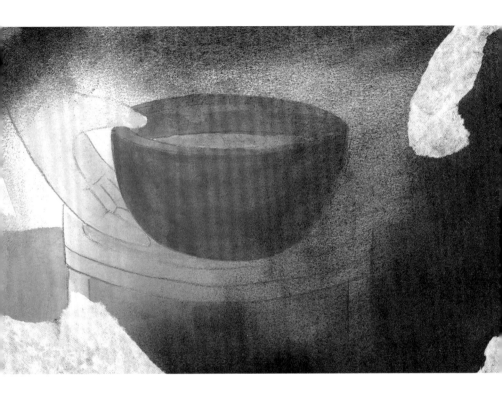

我要吃 ， 才 力氣， 活 ⋯⋯

我 你們 一起 久很 ⋯⋯

08 最後一晚

就是明天了，天亮之後，我們就得要把已經動彈不得的艾艾放進外出籠、帶她到醫院、放到手術台上、然後打針……

「艾艾，妳不要再撐了，乖乖睡覺好嗎？」

「嗚……嗚……」

整個晚上我都在拜託艾艾自己睡著，但她用力呼吸的聲音不曾間斷。

(嘶……呼……嘶……呼……　　　)

09 艾艾再見

跟艾艾做完最後的道別，我撿起一撮她的白毛，搓成小球放進口袋中。
安樂死的過程非常快，在藥劑注射完之前艾艾就離開了，剩下的藥量是確保
她完全死亡。

在這之前我預想過好幾次，送走艾艾之後我會不會崩潰？會不會痛苦到
無法承受？但是看著手術台上的艾艾，我發現我很久沒看到她睡得這麼
安穩了，沒有顫抖、沒有喘氣、沒有痛苦的哀嚎，她終於可以好好地睡覺了。

「我覺得艾艾已經不在這裡了。」

「我也這麼覺得。」

「艾艾掰掰。」

10　紀念

左手腕刺了第一個刺青，是一張艾艾的臉。

客廳的展示櫃留了一格給艾艾，我放上她的畫像、羊毛氈娃娃、還有那一小球白毛。

我想念艾艾的時候就會來這裡看看她，跟她說說話。

「艾艾，妳過得好嗎？」

．

．

．

「剛剛唸給妳聽的是妳的故事喔，喜歡嗎？」

喜歡！

後記

在艾艾離開之後，菌菌變得很奇怪，常常一隻貓坐在客廳中間發呆，或喵喵叫個不停。所以我們幫她找了一個年紀相近的新妹妹－茶茶。她們兩個現在是一對閃到不行的貓咪姐妹花。

後來有幾次夢到艾艾，她都住在很大的房子裡，有的屋子裡有游泳池，有的有像森林一樣的院子。應該是要告訴我她過得很好吧！總之，關於艾艾的夢都是美好的。

艾艾真的是一隻可愛又體貼的貓咪。

艾艾愛生氣 Angry Aiai

作者 張元綺 ｜ 責任編輯 張家銘 ｜ 美術編輯 蘇珮棋 ｜ 專案企劃 潘曉山 ｜ 封面設計 蘇珮棋 ｜
總 編 輯 賈俊國 ｜ 副總編輯 蘇士尹 ｜ 編輯 高懿萩 ｜ 行銷企畫 張莉滎・廖可筠・蕭羽猜 ｜
發 行 人 何飛鵬 ｜ 印刷 鑫益有限公司 ｜ 初版 2019 年（民 108 年）8 月 ｜ 售價 NT$ 380 ｜
ISBN 978-986-5405-00-7

出版　　飛柏創意股份有限公司 ｜ 10444 台北市中山區林森北路 112 號 6 樓 ｜ (02)2562-0026 ｜
　　　　publish.service@flipermag.com

發行　　布克文化出版事業部 ｜ 台北市中山區民生東路二段 141 號 8 樓 ｜ 電話：(02)2500-7008 ｜
　　　　傳真：(02)2502-7676 ｜ sbooker.service@cite.com.tw

台灣　　英屬蓋曼群島商家庭傳媒股份有限公司城邦分公司 ｜ 台北市中山區民生東路
發行所　二段 141 號 2 樓 ｜ 書虫客服服務專線：(02)2500-7718・2500-7719 ｜ 24 小時傳真
　　　　專線：(02)2500-1990；2500-1991 ｜ 劃撥帳號：19863813・戶名：書虫股份有限公司 ｜
　　　　service@readingclub.com.tw

香港　　城邦（香港）出版集團有限公司 ｜ 香港灣仔駱克道 193 號東超商業中心 1 樓 ｜ 電話：
發行所　+852-2508-6231 ｜ 傳真：+852-2578-9337 ｜ hkcite@biznetvigator.com

馬新　　城邦（馬新）出版集團 Cité (M) Sdn. Bhd. ｜ 41, Jalan Radin Anum, Bandar Baru
發行所　Sri Petaling, 57000 Kuala Lumpur, Malaysia ｜ 電話：+603- 9057-8822 ｜ 傳真：
　　　　+603- 9057-6622 ｜ cite@cite.com.my